A Bilingual Anthology
of Aesop's Fables

Aprende inglés
con las fábulas de Esopo

© 2013. **Adaptation & Translation** | **Adaptación y traducción**
Stacy & Chuck Wrinkle

© 2013. **Illustrations** | **Ilustraciones**
Javier Muñoz

© 2013. **Bilingual Readers**
Pza. Mostenses, 13 - of. 26
28015 Madrid
91 758 06 06
bilingualreaders.com | bilingualreaders.es
facebook.com/bilingualreaders | twitter.com/BilingualRdrs

First Edition | **Primera edición**
March 2013 | Marzo de 2013

Printed in China | Impreso en China

ISBN: 978-84-92968-24-4

DL: M-38262-2012

Printed by | **Impreso por**
Leo Paper

A Bilingual Anthology of Aesop's Fables

Aprende inglés con las fábulas de Esopo

Illustrations | Ilustraciones
Javier Muñoz

BILINGUAL
READERS

Table of Contents | Índice

Vocabulary & Activities | Vocabulario y ejercicios
www.bilingualreaders.com | www.bilingualreaders.es

Introduction

In this new volume of the collection Cuentos del Mundo, we present you with a selection of twenty-five adapted versions of Aesop's fables. Just like in the previous books in this collection, each bilingual story includes highlighted vocabulary words. On our website you will also find a series of activities and exercises with their corresponding solutions.

We hope our readers will treasure this new volume as much as they have the other books in this collection. And if, in addition to enjoying Aesop's wonderful fables, readers also have fun learning languages, we will have accomplished our goal.

Introducción

En este nuevo volumen de la colección Cuentos del Mundo presentamos una selección adaptada de veinticinco fábulas de Esopo. Como en las obras precedentes, en cada cuento se han resaltado palabras de vocabulario, y en nuestra web proponemos una serie de actividades y ejercicios con sus soluciones correspondientes.

Confiamos en que esta nueva selección sea tan bien acogida como los otros libros de la colección. Si además de disfrutar con las maravillosas fábulas de Esopo nos divertimos y aprendemos idiomas, habremos conseguido nuestro objetivo.

THE LION AND THE MOUSE

A lion was awakened from sleep by a mouse running over his face. Rising up angrily, the lion caught him and was about to kill him, when the mouse began **to beg for his life**. "If you would only spare my life," he said, "I would be sure to repay your **kindness. You never know** when you might need my help in the future." The lion laughed heartily at the idea of being helped by a tiny mouse, but he finally decided let the mouse go.

A few days later the lion was caught by some hunters, who tied him to the ground with strong ropes. The lion began to roar for help, but it seemed as though no one could save him. Then the mouse, recognizing his roar, came and gnawed through the rope with his teeth to set the lion free. "**You laughed at** the idea of my ever being able to help you and you thought I would never **repay your favor**," exclaimed the mouse. "But **now you know** that it is possible for even a mouse to help a lion."

Even the smallest creatures have something to offer.

EL LEÓN Y EL RATÓN

Un león que dormía se despertó al notar que un ratón correteaba sobre su cara. El león se incorporó furioso y atrapó al ratón, que, al verse a punto de ser devorado, comenzó a **suplicar por su vida**: «Si tienes a bien perdonarme la vida –le dijo el ratón–, te recompensaré por tu **bondad. Nunca sabes** cuándo podrás necesitar mi ayuda en el futuro». El león soltó una carcajada ante la posibilidad de que llegara a necesitar la ayuda de un pequeño ratoncillo, pero finalmente lo dejó marchar.

Pocos días después unos cazadores apresaron al león y lo ataron al suelo con unas cuerdas muy resistentes. El león comenzó a rugir para pedir ayuda, pero parecía que nadie podría salvarlo. Entonces el ratón, reconociendo sus rugidos, se acercó, y tras roer las cuerdas con sus dientes, consiguió liberar al león. «**Te burlaste** de la idea de que algún día pudiera ayudarte y pensaste que nunca podría **devolverte el favor** –exclamó el ratón–, pero **ahora ya sabes** que incluso un ratón puede ayudar a un león».

Hasta las criaturas más pequeñas tienen algo que ofrecer.

THE ANTS AND THE GRASSHOPPER

One cold, winter's day some ants were hard at work drying the grain they had collected in the summertime. The proud little ants **worked hard day and night** to make sure they had stored enough food to last until the spring. A grasshopper, who was exceedingly hungry, passed by and earnestly begged the ants for a little food. The hardworking ants asked him, "Why didn't you **save** some food during the summer for these cold winter months?" The grasshopper replied, "Who has time to spend collecting food in the summer? My grasshopper friends and I spent the entire summer **singing** and **dancing**. We had splendid grasshopper balls every night and feasted all day long. I'd be happy to play you some music **in exchange for** a bit of food." But the ants **were too busy** with their work to listen to the grasshopper's melodies. The angry ants **scolded him** and said, "If you were foolish enough to sing all summer long, you must dance to bed with an empty stomach in the winter."

While it's important to enjoy every day, we still have to plan for the future.

LA CIGARRA Y LAS HORMIGAS

Un frío día de invierno unas cuantas hormigas trabajaban duramente en el secado del grano que habían recogido durante el verano. Las diminutas y orgullosas hormigas **trabajaban con ahínco día y noche** para asegurarse suficiente sustento hasta la llegada de la próxima primavera. Una cigarra que estaba muy hambrienta pasó por allí y rogó encarecidamente a las hormigas un poco de comida. Las esforzadas hormigas le preguntaron: «¿Por qué durante el verano no **guardaste** provisiones para los fríos meses de invierno?». La cigarra contestó: «¿Quién tiene tiempo de recolectar comida en verano? Mis amigas cigarras y yo nos pasamos todo el verano **cantando** y **bailando**. Organizábamos unas fiestas magníficas para cigarras todas las noches y grandes banquetes durante el día. Me encantaría tocaros algo de música **a cambio de** un poco de comida». Sin embargo, las hormigas **estaban demasiado ocupadas** con su tarea como para escuchar las melodías de la cigarra. Las hormigas, enfadadas, **le riñeron**: «Si fuiste lo suficientemente irresponsable como para pasarte el verano cantando, debes bailar hasta la cama en invierno con el estómago vacío».

Aunque es importante disfrutar de cada día, también debemos planificar el futuro.

THE DOG AND THE SHADOW

A dog's owner gave him a nice, juicy piece of meat which was **left over** from the previous night's dinner. The dog quickly ran away with the meat in his mouth to **show it off** to his neighbors. He was so proud of the piece of meat that he kept it his mouth **instead of** eating it. When he was sure that all of the other animals had seen his good fortune, he ran off into the **woods** to find a shady spot to enjoy the slab of beef. **Shortly afterwards** he crossed a bridge over a stream and saw his own **shadow** in the water. The simple-minded dog thought he was looking at another dog with a piece of meat **twice the size** of his own. He immediately let go of the meat in his own mouth and fiercely attacked the other dog to try to take away his larger piece. In this way the foolish dog lost them **both**: the piece he tried to grab in the water, because it was just a reflection, and his own piece, because the stream swept it away.

Only a fool would give up what he already has for a mere shadow.

EL PERRO Y LA SOMBRA

Un perro recibió de su dueño un sabroso y delicioso pedazo de carne que había **sobrado** de la cena de la noche anterior. Rápidamente el perro corrió con el trozo de carne en la boca para **enseñárselo** a sus vecinos. Tan orgulloso estaba del pedazo de carne que **en vez de** comérselo se quedó con él en la boca. Cuando estuvo seguro de que todos los demás animales habían admirado su buena suerte, se adentró en el **bosque** para encontrar un lugar a la sombra en el que poder disfrutar de la carne. **Poco después** atravesó un puente sobre un arroyo y vio su propia **sombra** reflejada en el agua. El ingenuo perro pensó que estaba viendo a otro perro con un trozo de carne **el doble de grande** que el suyo. Inmediatamente soltó su pedazo de carne y atacó con fiereza al otro perro para intentar hacerse con el pedazo de carne más grande. De esta forma, el tonto del perro perdió **ambos**: la pieza que intentó coger en el agua, porque era un simple reflejo, y su propio trozo, porque el arroyo lo arrastró.

Solo un necio perdería lo que ya tiene por una simple sombra.

THE TORTOISE AND THE HARE

One day a hare **made fun of** an old tortoise's short feet and slow steps. "Tortoises are such slow animals," he said. "It must be very boring to have to always move so slowly. Lucky for me, hares are some of the quickest animals in the forest. I spend my days running back and forth beneath the trees." The tortoise **laughed** and replied, "Though you may be as fast as the wind, I will surely beat you **in a race**." The young hare knew this was impossible, but he decided to accept the challenge and race the tortoise. They both agreed that the fox would choose the course for their race and set up **the finish line**. On the day of the race the two animals set off together. The tortoise began to run at a slow and steady pace. **Meanwhile**, the hare decided to lay down on the side of the road for a nap, since he knew **it would take a very long time** for the tortoise to reach the finish line. But while the hare slept, the tortoise **slowly** made his way to the finish line. When the hare awoke he began to run as fast as he could towards the finish line, but **it was too late**. There he saw the tortoise resting quietly with a smile on his face.

Slow but steady wins the race.

LA LIEBRE Y LA TORTUGA

Un día una liebre **se mofó** de los pequeños pies de una vieja tortuga y de sus cortos pasos. «Las tortugas son unos animales tan lentos –dijo la liebre–. Tiene que ser verdaderamente aburrido moverse tan despacio. Por suerte para mí, las liebres son uno de los animales más rápidos del bosque. Yo paso mis días corriendo de un lado a otro bajo los árboles». La tortuga **se rio** y replicó: «Aunque puede que seas rápido como el viento, estoy segura de que te ganaría en **una carrera**». La joven liebre sabía que esto era imposible, pero decidió aceptar el reto y echar una carrera con la tortuga. Ambos estuvieron de acuerdo en que el zorro eligiera el recorrido de la carrera y estableciera **la línea de meta**. El día de la carrera, los dos animales salieron juntos. La tortuga empezó a correr a paso lento y continuo. **Mientras tanto**, la liebre decidió tumbarse a un lado del camino para echarse una siesta, pues sabía que la tortuga **tardaría muchísimo** en alcanzar la meta. Sin embargo, mientras la liebre dormía, **poco a poco** la tortuga llegó a la línea de meta. Cuando la liebre despertó, corrió tan rápido como pudo hacia la línea de meta, pero **ya era demasiado tarde**. Al llegar vio a la tortuga descansando tranquilamente con una sonrisa en la cara.

Lento pero constante siempre triunfa.

THE FOX AND THE GOAT

One day a fox fell into a deep **well** and could find no way to escape. Soon afterward, a very **thirsty** goat came upon the same well. He saw the fox below and asked him if the water inside was good. With a smile on his clever face, the fox began to praise the water, saying it was the best water in the whole world. He invited the goat to come down into the well and have a drink of water with him. The goat, who thought of nothing but his thirst, wasted no time in jumping down into the well. But **as soon as** he had taken a drink, the fox gave him the unhappy news that they were both stuck in the well. He **came up with a plan** for the two to **work together** to make their escape. "If you place your feet upon the wall and bend your head," said the fox, "I will run up your back and escape and then I'll help you out **afterwards**." The goat agreed and the fox leaped up his back. With the help of the goat's **horns**, he safely reached the mouth of the well and ran off as fast as he could. When the goat cried out that he had been tricked, the fox replied, "You silly goat! If you had as many brains in your head as you have hairs in your beard, you would never have jumped down into the well without thinking of how you would get out afterwards.

Look before you leap.

EL ZORRO Y LA CABRA

Un día un zorro cayó en un profundo **pozo** del que no podía salir. Poco después se acercó hasta ese mismo pozo una cabra que estaba muy **sedienta**. La cabra vio al zorro al fondo y le preguntó si el agua del pozo era buena. Con una sonrisa dibujada en su inteligente rostro, el zorro comenzó a echar toda clase de piropos al agua, era poco menos que la mejor agua del mundo. El zorro invitó a la cabra a bajar al pozo para que bebiera un trago de agua con él. La cabra, que no pensaba en otra cosa que en su sed, saltó de inmediato al pozo. Sin embargo, **tan pronto como** había echado el primer trago, el zorro le informó de la fatal noticia: ambos estaban atrapados en el pozo. Entonces el zorro **ideó un plan** que funcionaría si ambos **trabajaban juntos** para salir de allí. «Si pones tus pies en la pared y doblas la cabeza –dijo el zorro–, treparé por tu espalda y saldré, y **después** podré ayudarte». La cabra estuvo de acuerdo con el plan y el zorro subió por su espalda. Con la ayuda de los **cuernos** de la cabra, el zorro alcanzó la boca del pozo y salió corriendo de allí como alma que lleva el diablo. Cuando la cabra protestó porque se sentía engañada, el zorro contestó: «¡Estúpida cabra! Si tuvieras tanto cerebro como pelos en la barba, nunca hubieras saltado dentro del pozo sin pensar cómo ibas a poder salir después».

Medita bien antes de tomar una decisión.

THE BEAR AND THE TWO TRAVELERS

Two men were traveling together when they suddenly ran into a bear. One of the men quickly abandoned his friend, **climbed a tree** and hid himself among the branches. The other, who was sure he would be attacked, fell flat on the ground and **pretended** to be dead. The bear was confused when he saw the man lying on the ground and came closer to investigate. While the traveler **held his breath** and didn't move a muscle, the bear felt him with his snout and smelled him **from head to toe**. He poked and prodded the man, but he did him no harm. Eventually, the bear walked away from the man he thought was dead. When the bear had been gone for quite some time, the other traveler came down from the tree and **jokingly** asked what the bear had **whispered** in his ear. "He gave me some excellent advice," his companion replied. "Never travel with a friend who deserts you at the first sign of **danger**."

Misfortune tests the sincerity of friends.

EL OSO Y LOS DOS VIAJEROS

Dos hombres viajaban juntos cuando de pronto se toparon con un oso. Rápidamente uno de los dos hombres abandonó a su amigo, **se subió a un árbol** y se escondió entre las ramas. El otro, que estaba seguro de que el oso lo iba a atacar, se tiró al suelo y **fingió** estar muerto. El oso, confundido al ver a un hombre tumbado en el suelo, se acercó para investigar. Mientras el viajero **contenía la respiración** y no movía ni un músculo, el oso lo palpó con su hocico y lo olisqueó **de arriba abajo**. El oso tocó y pinchó al hombre, pero no le hizo daño. Al rato, el oso se alejó del hombre, pues pensaba que estaba muerto. Cuando hacía rato que el oso se había marchado, el otro viajero bajó del árbol y **en tono de broma** le preguntó al otro hombre qué le había **susurrado** el oso al oído. «Me dio un excelente consejo –respondió su compañero–: nunca viajes con un amigo que te abandona a la primera señal de **peligro**».

Las desgracias ponen a prueba la sinceridad de los amigos.

THE MISER

A miserly old man sold everything he had and bought a lump of gold, which he buried in a **hole** in the ground **beside** an old wall. Every day he went to the wall to look at his piece of gold. When he was done looking at the gold, the old man **buried it** in the ground again. He did this **every day** for many weeks, and he was very pleased with his gold.

One of his workmen **noticed** his frequent visits to the spot and decided to watch his movements. He soon discovered the secret of the **hidden treasure**, and he stole the lump of gold when the old man wasn't looking. The next time the old man visited the hole, he found it empty. He cried out in anger and began **to tear at his hair**. A **neighbor** saw how overcome with grief the man was and asked what had happened. When he found out, he gently told the old man, "Sir, don't be so sad. Go take a stone, place it in the hole and cover it with dirt. You can pretend that it is the gold and not a stone lying there. It will do you the very same service; for when the gold was there, you didn't really have it since you made absolutely no use of it."

Enjoy your money while you can.

EL AVARO

Un viejo avaro vendió todo lo que tenía y compró un lingote de oro, que enterró en un **agujero** en la tierra **junto a** una vieja pared. Cada día el viejo se acercaba a la pared para echar un vistazo a su lingote de oro. Cuando terminaba de admirarlo, el hombre volvía a **enterrar** el lingote en la tierra. El viejo hizo esto **todos los días** durante varias semanas, y estaba encantado con su lingote.

Uno de sus trabajadores **se dio cuenta de** sus frecuentes visitas al mismo lugar y decidió vigilar sus movimientos. Pronto descubrió el secreto del **tesoro escondido**, y en un despiste del viejo robó el lingote de oro. La siguiente vez que el viejo visitó el agujero lo encontró vacío. El hombre lloró de rabia y comenzó a **tirarse de los pelos**. Un **vecino** vio lo apesadumbrado que estaba y le preguntó qué había ocurrido. Cuando se lo hubo contado, le dijo amablemente al viejo: «Señor, no esté tan triste. Coja una piedra, póngala en el mismo lugar que el lingote y cúbralo con tierra. Disimule para que parezca que en ese lugar oculta un lingote de oro y no una piedra. Le hará el mismo servicio, puesto que cuando estaba allí el oro, tampoco lo tenía, ya que no le dio ningún uso en particular».

Disfruta de tu dinero mientras puedas.

THE SICK LION

A very old lion was too **weak** and lazy to fight for his food, so he decided to feed himself by using **trickery**. He went to his **den**, lay down on the floor and pretended to be sick. **He made such a big deal of** his illness that it soon became public knowledge. All of the beasts of the jungle expressed their sorrow and came to visit him, **one by one**. Each time a beast entered the lion's den to ask how the noble creature was feeling, the lion quickly ate him up. **This went on for quite some time** and the lion grew very happy and fat.

After many of the animals had disappeared, the clever fox discovered the lion's trick. He stood in the lion's doorway, at a respectful distance, and asked how the lion was feeling. "I am very sick," said the lion, "but won't you please come in? Come **sit beside me** so that we can have a little chat." "No, thank you," said the fox. "I've noticed many **footprints** going into your cave, but I see no evidence that any of them have left here."

He who is wise is warned by the misfortunes of others.

EL LEÓN ENFERMO

Un anciano león se encontraba demasiado **débil** y desganado como para luchar por su comida, así que decidió alimentarse mediante **una triquiñuela**. El león llegó hasta su **guarida**, se tumbó en el suelo y fingió estar enfermo. **Tanto se quejó de** su enfermedad que pronto todos estaban al corriente de ella. Todas las demás bestias de la selva expresaron su pesar y se acercaron **una a una** a visitarlo. Cada vez que una bestia entraba en la guarida del león para preguntar cómo se sentía esta noble criatura, el león la devoraba rápidamente. Esta situación **se prolongó durante un tiempo** y el león se mostró muy feliz y engordó.

Después de que muchos animales hubieran desaparecido, el astuto zorro descubrió la treta del león. El zorro se apostó en la puerta del león, a una prudencial distancia, y le preguntó al león cómo se encontraba. «Estoy muy enfermo –respondió el león–, pero ¿por qué no entras? Ven y **siéntate a mi lado** para que podamos charlar». «Gracias, pero no –replicó el zorro–. He visto muchas **huellas** entrando en tu guarida, pero no hay signos de que nadie haya salido de allí».

El sabio es advertido por las desgracias de los demás.

THE LION IN LOVE

A lion **fell in love with** the beautiful daughter of a woodcutter. After loving her from afar for many weeks, he went to the woodcutter and asked for his daughter's hand in marriage. The father, unwilling to grant and yet afraid to **refuse** the fierce lion's request, came up with an excellent plan to rid himself and his daughter of their troubles. He told the lion that he was willing to accept him as his daughter's suitor **on one condition**: that he should allow him to extract his teeth and cut off his claws, since his daughter was fearfully afraid of both. The lovestruck lion cheerfully assented to the proposal and declared that **he would take care of** the matter **at once**. But when the **toothless**, clawless lion returned to the woodcutter's house to claim his bride, something fundamental had changed. The woodcutter, who was no longer afraid of the lion, **chased him away** with a club and drove him into the forest. The **heartbroken** lion went back to his den to cry over his great misfortune.

If something seems too good to be true,
it probably is.

EL LEÓN ENAMORADO

Un león **se enamoró de** la hermosa hija de un leñador. Después de amarla en la distancia durante unas cuantas semanas, el león abordó al leñador y pidió la mano de su hija en matrimonio. Al padre, reticente a conceder la mano de su hija, pero temeroso de **rechazar** la petición del fiero león, se le ocurrió un excelente plan para que tanto su hija como él se libraran del problema. El leñador le dijo al león que estaba dispuesto a aceptarlo como pretendiente de su hija **con una condición**: el león debía permitir que le extrajera los dientes y le cortara las uñas, puesto que a su hija tanto unos como otras le daban un miedo terrible. El enamorado león aceptó alegremente la propuesta y le anunció que **se haría cargo del** problema **inmediatamente**. Sin embargo, cuando el león, **desdentado** y sin uñas, regresó a la casa del leñador para reclamar a su prometida, algo fundamental había cambiado. El leñador, que ya no temía al león, **lo ahuyentó** con un palo y lo forzó a adentrarse en el bosque. El león volvió a su guarida a llorar su mala suerte **con el corazón hecho pedazos**.

Si algo parece demasiado bueno para ser verdad,
probablemente lo sea.

THE GOATHERD AND THE WILD GOATS

One evening while a goatherd was leading his **flock** from their pasture, he found some wild goats who had become mixed up with his own goats. Since **it was getting late**, he decided to shut them all up together for the night. **The next day it snowed very hard**, so he could not take the herd to their usual feeding places and was obliged to keep the wild goats with the rest of the goats in the stable. He gave his own goats just enough food to keep them alive, but fed the strangers more abundantly **in the hope of** enticing them to stay with him so that he could make them his own. When the snow finally stopped, he led all of the goats out to feed and the wild goats scampered away as fast as they could to the mountains. The goatherd **scolded** them for their ingratitude in leaving him, when during the storm he had taken better care of them than of his own herd. One of them, turning back towards him, said: "That is the very reason why we ran away from you **as soon as we could**. For if **yesterday** you treated us better than the goats you have had so long, we are sure that if others came after us, you would also prefer them to us."

*If you want to increase your fortune,
first you must take care of what you already have.*

EL CABRERO Y LAS CABRAS MONTESAS

Una noche, mientras un cabrero dirigía a su **rebaño** desde los pastos, encontró algunas cabras montesas que se habían mezclado con sus propias cabras. Como **se estaba haciendo tarde**, el cabrero decidió encerrarlas todas juntas durante la noche. **Al día siguiente nevó copiosamente**, así que no pudo llevar al rebaño a los lugares habituales de pasto, y se vio obligado a mantener a las cabras montesas con el resto de las cabras en el establo. El cabrero alimentó a sus cabras lo justo para que sobrevivieran, pero dio de comer en abundancia a las nuevas cabras **con la esperanza de** que se quedaran con él y hacerlas suyas. Cuando por fin dejó de nevar, condujo a las cabras al pasto para que comieran, y las cabras montesas aprovecharon para escapar hacia las montañas tan rápido como pudieron. El cabrero **maldijo** su ingratitud por abandonarlo, cuando durante la tormenta las había cuidado mejor que a sus propias cabras. Entonces una de las cabras montesas se giró hacia él y le dijo: «Precisamente por eso nos hemos escapado **tan pronto como hemos podido**. **Ayer** nos trataste mejor que a las cabras que has tenido tanto tiempo, así que estamos seguras de que si llegaran otras después de nosotras las tratarías mejor a ellas».

*Si quieres aumentar tu riqueza,
primero debes cuidar de lo que ya tienes.*

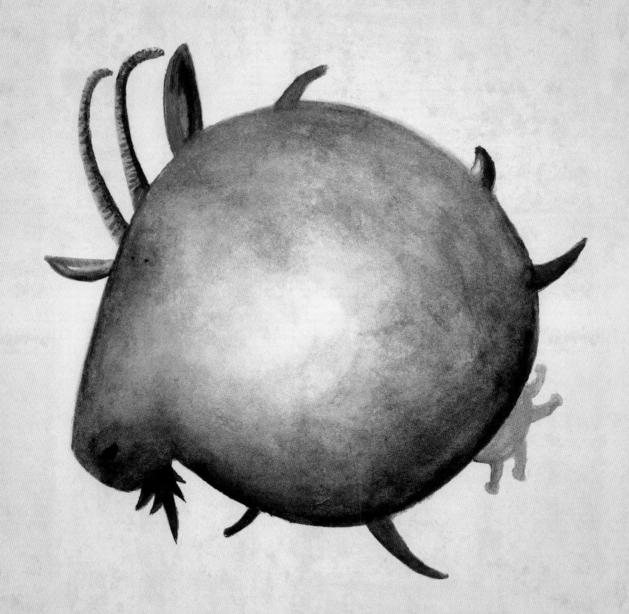

THE MAN AND HIS TWO SWEETHEARTS

A **middle-aged man**, whose hair had begun to turn gray, was looking for a **wife**. After searching all of the neighboring counties for the perfect companion, he began to court two women **at the same time**. One of them was very young and the other was very old. The older woman, who was ashamed to be courted by a man younger than herself, made a point of pulling out some of his black hairs every time he came to visit her. The man **wanted very much to please her**, so he would sit down and calmly allow her to pluck his black hairs until she was satisfied. The younger lady, **on the contrary**, did not wish to become the wife of an old man. She was equally zealous about removing every **gray hair** she could find on his head. Again, the man was so anxious to please the young lady that he sat down patiently while she **plucked** away at his gray hairs. **Thus** it came to pass that between the two women, the man soon found that he had not one hair left on his head.

Those who seek to please everyone often end up pleasing no one at all.

EL HOMBRE Y SU DOBLE PAREJA

Un **hombre de mediana edad** cuyo pelo había empezado a encanecer buscaba **esposa**. Después de buscar y buscar la pareja perfecta por toda la provincia, comenzó a cortejar a dos mujeres **al mismo tiempo**. Una de ellas era muy joven, y la otra, muy mayor. La más vieja de las dos, que estaba avergonzada de que un hombre más joven que ella la cortejara, le pidió que cada vez que viniera a visitarla debía permitirle arrancarle unos cuantos pelos negros. El hombre **deseaba tenerla contenta**, así que al llegar de visita, se sentaba y permitía que ella le arrancara pelos negros hasta que quisiera. **Por el contrario**, la mujer más joven no quería convertirse en la mujer de un hombre viejo, y también ponía mucho empeño en arrancarle **las canas** que encontraba en la cabeza del hombre. También en este caso el hombre deseaba con tanta vehemencia complacerla que se sentaba pacientemente mientras ella **le arrancaba** las canas. **Y así** sucedió que entre las dos mujeres pronto dejaron al hombre sin un pelo en la cabeza.

Aquellos que quieren complacer a todo el mundo a menudo acaban por no agradar a nadie.

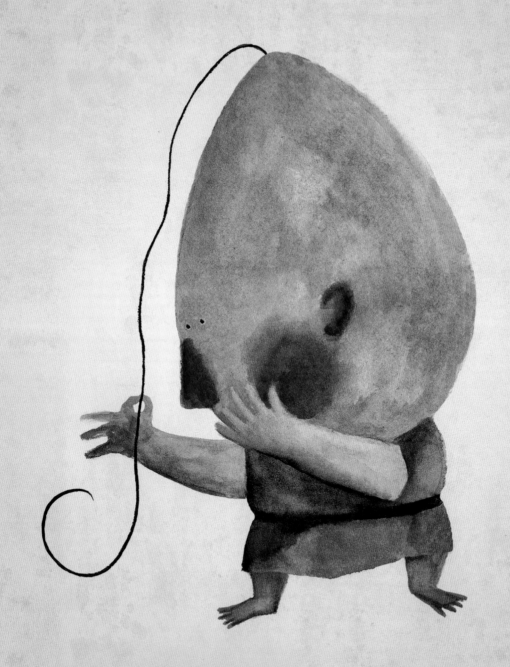

THE BOY WHO CRIED WOLF

Once there was a shepherd boy, who watched over a flock of sheep near a village. He was **generally** a good little boy, but sometimes he liked **to play jokes on** the village people. One day he began to cry out, "Wolf! There's a wolf! **Help me, please!**" and all of the neighbors came running from their homes to help him protect his sheep from the wolves. But when they arrived they only found the boy, who laughed and laughed at what he thought was a **hilarious** joke. A few days later, the boy began to scream again, "It's a wolf! A wolf is coming to attack my sheep! Help!" and again his neighbors ran out to help him. When they saw that the boy was only playing a joke on them, they scolded him angrily and returned to their homes. Yet a few days later, the wolf truly did come **at last**. The shepherd boy, who was now really alarmed, shouted in an agony of terror. "Please, come help me! The wolf is killing my sheep!" but no one came to help him or **paid any attention to** his cries. The wolf, **who had nothing to be afraid of**, **took his time** eating and destroying the entire flock.

There is no believing a liar, even when he speaks the truth.

EL PASTORCILLO Y EL LOBO

Había una vez un pastorcillo que vigilaba un rebaño de ovejas a las afueras de un pueblo. **Por lo general** era un muchacho de buen comportamiento, pero a veces le gustaba **gastar bromas** a sus vecinos. Un día el muchacho comenzó a gritar: «¡Un lobo! ¡Hay un lobo! **¡Ayuda, por favor!**». Los vecinos se acercaron a toda prisa desde sus casas para ayudarle a proteger sus ovejas de los lobos. Sin embargo, cuando llegaron solo encontraron al muchacho, que no podía contener la risa ante una broma que le parecía **graciosísima**. Unos días después, el muchacho comenzó a gritar de nuevo: «¡Es un lobo! ¡Un lobo está atacando mis ovejas! ¡Ayuda!». De nuevo los vecinos salieron a su encuentro para ayudarle. Cuando comprobaron que nuevamente el muchacho les estaba gastando una broma, le regañaron muy enfadados y regresaron a sus casas. Pero unos días más tarde, **por fin** el lobo vino de verdad. El pastorcillo, que ahora estaba muy asustado, gritó aterrorizado: «¡Por favor, venid a ayudarme! ¡El lobo está matando a mis ovejas!», pero nadie se acercó a ayudarlo **ni prestaron atención a** sus lamentos. El lobo, **que no tenía nada que temer**, **se tomó su tiempo** para comerse y destruir el rebaño entero.

Nunca se cree a un mentiroso, aun cuando dice la verdad.

THE MICE AND THE WEASELS

The weasels and the mice waged a perpetual **war** with each other, in which much blood was shed. The weasels were always the victors. The mice thought that the cause of the frequent **defeats** was that they had no leaders to command their general **army**, and that they were exposed to dangers from **lack of** discipline. They therefore chose as leaders mice that were most renowned for their family descent, strength, and counsel, as well as those most noted for their **courage** in the fight, so that they might be better disciplined in battle and formed into troops, regiments, and battalions. When all this was done, and the army disciplined, and the herald mouse had duly proclaimed war by **challenging** the weasels, the newly chosen generals bound their heads with sticks so that they might be more easily identified by all their troops. No sooner had the battle begun, when a loud **growl** overwhelmed the mice, who scampered off as fast as they could to their holes. The generals, who were not able to fit into their **holes** on account of the ornaments on their heads, were all captured and eaten by the weasels.

The greater the honor, the greater the danger.

LOS RATONES Y LAS COMADREJAS

Los ratones y las comadrejas libraban entre ellos una **guerra** inacabable en la que se había derramado gran cantidad de sangre. Las comadrejas siempre salían victoriosas. Los ratones pensaban que la razón de sus frecuentes **derrotas** no era otra que el hecho de que no tuvieran un líder que comandara su **ejército**, por lo que se veían expuestos a peligros a causa de su **falta de** disciplina. Por esta razón eligieron como líderes a los ratones más conocidos por su linaje, fuerza y sabiduría, así como a los más renombrados por **su valentía** en la lucha, de manera que fueran más disciplinados en la batalla y formasen a las tropas, los regimientos y los batallones. Una vez organizado todo esto, y cuando el ejército había sido disciplinado y el ratón pregonero había anunciado debidamente la guerra al **desafiar** a las comadrejas, los generales recién elegidos añadieron unos palos a sus cabezas, con la finalidad de que sus tropas los identificaran más fácilmente. Nada más comenzar la batalla, un **gruñido** sobresaltó a los ratones, que echaron a correr hacia sus agujeros tan rápido como pudieron. Los generales, que no cabían en los **agujeros** debido a la decoración que habían añadido a sus cabezas, fueron todos capturados y devorados por las comadrejas.

Cuanto mayor el honor, mayor el peligro.

THE THIEF AND THE INNKEEPER

A thief rented a room in a tavern and stayed for a while in the hopes of **stealing** something which would enable him to pay his **room and board**. When he had waited several days in vain, he saw the innkeeper dressed in a new **coat** sitting by the door of the inn. The thief sat down beside him and talked with him. After they had chatted for a while, the thief began to **yawn** and **howl** like a wolf at the same time. "Why are you howling like that?" asked the innkeeper. "I will tell you," said the thief, "but first let me ask you to hold my clothes for me so that I won't tear them to pieces. **I can't remember** when I first started yawning and howling like this, but I do know that when I yawn for the third time, I actually turn into a wolf and begin to attack men." With this speech he began a second fit of yawning and again howled like a wolf, just like he had the first time. The innkeeper, hearing his tale and **believing** what he said, became very afraid and ran away. The thief grabbed onto his coat and begged him to stop, saying, "Please wait, sir, and hold my clothes or I will tear them to pieces in my fury when **I turn into** a wolf." Just then he yawned for the third time and let out a terrible howl. The innkeeper was so scared that he left his new coat in the thief's hand and ran as fast as he could into the inn for safety. The thief got away with his coat and did not return to the inn.

Don't believe everything you hear.

EL LADRÓN Y EL POSADERO

Un ladrón alquiló una habitación en una posada y se quedó durante un tiempo con la esperanza de **robar** algo que le permitiera pagar su **estancia**. Después de esperar varios días sin resultado, vio al posadero, que se encontraba sentado junto a la puerta de la posada, ataviado con un **abrigo** nuevo. El ladrón se sentó a su lado y comenzó a hablar con él. Transcurrido un rato, el ladrón comenzó a **bostezar** y **aullar** al mismo tiempo como un lobo. «¿Por qué aúllas así?», le preguntó el posadero. «Te lo diré –contestó el ladrón–, pero primero déjame que te pida que sujetes mi ropa para que no la deje hecha pedazos. **No recuerdo** cuándo empecé a bostezar y aullar de esta manera, pero sé que cuando bostezo por tercera vez, me convierto en lobo y empiezo a atacar a los hombres». Nada más terminar de decir esto, empezó por segunda vez a bostezar y a lanzar aullidos de lobo, como había hecho la primera vez. El posadero, tras haber escuchado su historia y **creyendo** lo que había oído, salió corriendo aterrorizado. El ladrón lo agarró de la chaqueta y le pidió que se detuviera: «Por favor, señor, espere y hágase cargo de mi ropa porque cuando **me convierta en** lobo la destrozaré con mi furia». Y justo en ese momento bostezó por tercera vez y lanzó un aullido terrible. El posadero estaba tan asustado que se deshizo de su nuevo abrigo y corrió tan rápido como pudo hasta la posada para encontrar refugio. El ladrón se quedó con el abrigo y no regresó a la posada.

No creas todo lo que te cuenten.

THE FOX AND THE GRAPES (SOUR GRAPES)

One bright, **sunny** day a fox was **roaming** through the countryside in search of something to eat. After a while she came upon some clusters of **ripe** black grapes hanging from a vine. The fox hungrily **licked her chops** with excitement. The grapes were very high up on the vine, so she began to jump frantically to try to **reach them**. When that didn't work, she tried to climb the wall to reach the grapes. When that strategy failed, she began to growl and stretch her paw up to try to knock the grapes from the vine, but **this too was of no use**. The hungry fox **resorted to all her tricks** to get at the grapes, but she tired herself in vain, for she could not reach them. **At last** she turned away, hiding her disappointment and said to anyone who might have been watching her: "I didn't really want those grapes anyway. Anyone can see that those grapes are **sour**, and not ripe as I thought."

Some people are too proud to admit the truth when they can't get what they want.

LA ZORRA Y LAS UVAS (UVAS AGRIAS)

Un **soleado** y luminoso día, una zorra **merodeaba** por el campo en busca de alimento. Transcurrido cierto tiempo se topó con unos racimos de uvas **maduras** que colgaban de una vid. La zorra, hambrienta, **se relamió** presa de la emoción. Las uvas se encontraban en la parte superior de la parra, así que la zorra comenzó a saltar frenéticamente para intentar **alcanzarlas**. Como de esta manera no conseguía nada, intentó encaramarse a la pared para tratar de atrapar las uvas. Comoquiera que este método también falló, la zorra empezó a gruñir y a estirar su pata, con la intención de agitar la parra para que las uvas cayeran al suelo, pero esto **tampoco sirvió de nada**. La zorra hambrienta **recurrió a todos sus trucos** para tratar de conseguir las uvas, pero solamente consiguió cansarse, pues no logró hacerse con las ellas. **Por fin** se dio media vuelta y, ocultando su frustración, se dirigió a quien pudiera haberla estado observando: «La verdad es que, de todas formas, no quería esas uvas. Cualquiera puede ver que están **agrias**, y no dulces como yo pensaba».

Algunas personas son demasiado orgullosas para admitir la verdad cuando no consiguen lo que quieren.

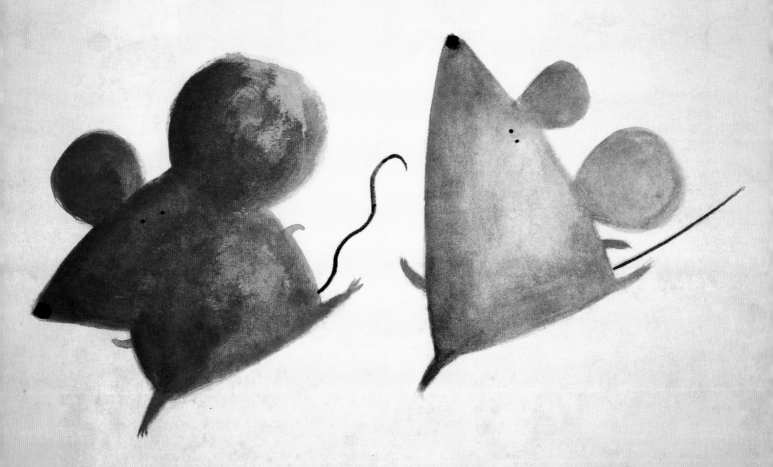

THE CITY MOUSE AND THE COUNTRY MOUSE

A **country** mouse invited a city mouse, an intimate friend, to pay him a visit and have some of his country dinner. They sat down on the grass together and ate bits of wheat and roots pulled from the ground. The city mouse said to his friend, "The life you live here is the life of ants, while in my house you could live **a life of luxury**. In my home, you'd be surrounded by marvelous things **from morning until night**. If you will come with me, and I hope you will, you can have anything your heart desires." The country mouse was easily persuaded and returned to town with his friend. On his arrival, the city mouse placed before him bread, barley, beans, dried figs, honey, raisins and, last of all, brought a tiny piece of cheese from a basket. The country mouse was delighted at the sight of such good cheer and expressed his satisfaction with life in the city. However, just as they were beginning to eat, someone **opened the door** and they both ran off, as fast as they could, to a hole so narrow that two could only find room in it by squeezing. They had **scarcely** sat down to eat again when someone else entered the room to get something from a cupboard, and the two mice were forced to run away and hide **again**. At last the country mouse, who was now **very hungry**, said to his friend: "Although you have prepared a lovely feast for me, I must leave you to enjoy it by yourself. Here I'm surrounded by too many dangers. I prefer my grass and roots, where I can live in safety and without fear."

The grass isn't always greener on the other side.

EL RATÓN DE CIUDAD Y EL RATÓN DE CAMPO

Un ratón de **campo** invitó a un íntimo amigo, un ratón de ciudad, a visitarlo y cenar con él en el campo. Los ratones se sentaron juntos en la hierba y comieron algo de trigo y raíces arrancadas del suelo. El ratón de ciudad le dijo a su amigo: «Aquí llevas una vida de hormiga, mientras que en mi casa podrías vivir **una vida de lujo**. En mi casa estarías rodeado de cosas maravillosas **de la mañana a la noche**. Si vinieras conmigo, y espero que lo hagas, podrás tener todo lo que desees». El ratón de campo era fácil de convencer y volvió a la ciudad con su amigo. Nada más llegar, el ratón de ciudad le ofreció pan, cebada, habas, higos secos, miel y, por último, un pequeño pedazo de queso de una cesta. El ratón de campo estaba encantado con el espectáculo que se le ofrecía y expresó su satisfacción con la vida en la ciudad. Sin embargo, tan pronto como empezaron a comer, alguien **abrió la puerta** y ambos salieron corriendo tan rápido como pudieron hacia un agujero tan estrecho que los obligó a apretujarse muchísimo para caber. **Apenas** se habían sentado de nuevo a comer cuando alguien volvió a entrar en la habitación para coger algo de un armario, lo que obligó a los dos ratones a salir corriendo **otra vez** para esconderse. Por fin el ratón de campo, que ahora tenía un **hambre atroz**, le dijo a su amigo: «A pesar de que has preparado un excelente festín para mí, debo dejarte que los disfrutes tú solo. Aquí estoy rodeado de demasiados peligros. Prefiero la hierba y las raíces, donde puedo vivir seguro y sin miedo».

No es oro todo lo que reluce.

THE BUFFOON AND THE COUNTRYMAN

A rich nobleman once opened a theater and gave public notice that he would handsomely reward anyone who invented a new amusement for the occasion. Among the performers was a buffoon who was well known for his jokes. He said that he had come up with an act which was **unlike** anything ever seen **on stage** before. Word of the buffoon's act spread, and the theater was **full** on the night of the inauguration. The buffoon appeared alone on the stage, and the sense of expectation caused an intense silence. Suddenly he bent his head to his chest and imitated the squealing of a little pig so well with his voice that the audience **swore** he had a pig under his coat. When they had thoroughly inspected his coat and found no pig, they cheered the actor loudly. A countryman in the crowd observed the whole thing and decided to challenge the buffoon. He told the crowds that he would do the exact same thing the next day in an even more authentic way. The following day the crowds were even larger, but they were partial to their new favorite actor, the buffoon. Both performers appeared on the stage. The buffoon grunted and squealed away first, and **the crowd went wild**. Then the countryman began, and pretending that he had concealed a little pig under his clothes (which he had, but the audience **suspected** nothing), pulled the pig's ear and caused him to squeal. The crowd, however, cried out **with one voice** that the buffoon had given a much more realistic performance. Then the countryman pulled out the little pig from his coat and showed the crowd just how **mistaken** they were.

Sometimes people only see what they want to see.

EL BUFÓN Y EL CAMPESINO

Un rico noble inauguró un teatro y dio a conocer públicamente que pagaría un suculento premio a quien creara un nuevo espectáculo para la inauguración. Entre los candidatos había un bufón cuyas bromas eran muy famosas. El bufón dijo que había inventado un espectáculo que **no era comparable a nada** que se hubiera visto antes **en escena**. El anuncio de la actuación del bufón corrió como la pólvora, y la noche de la inauguración el teatro estaba **repleto**. El bufón salió a escena solo, y la expectación del público creó un intenso silencio. De pronto bajó la cabeza hacia su pecho e imitó con su voz el chillido de un cerdito tan bien que el público hubiera **jurado** que tenía un cerdito bajo sus ropas. Después de inspeccionarlas y no encontrar el cerdito, el público rompió a aplaudir con vehemencia. Un campesino que se encontraba entre el público asistiendo al espectáculo decidió retar al bufón. El campesino se dirigió al público y les dijo que al día siguiente él haría lo mismo pero de manera más auténtica. Al día siguiente todavía asistió más público que el día anterior, pero estaban a favor de su nuevo actor favorito, el bufón. Ambos aparecieron en escena. El bufón gruñó y chilló primero, y **el público se volvió loco**. Después fue el turno del campesino, quien haciendo como llevaba escondido un cerdito entre sus ropas (y lo llevaba, aunque el público no **sospechaba** nada), le tiró de la oreja al cerdito para que chillase. Sin embargo, los espectadores gritaron **al unísono** que la actuación del bufón había sido mucho más realista. Entonces el campesino sacó el cerdito de entre sus ropas y demostró a los espectadores cuán **equivocados** estaban.

A veces la gente solo ve lo que quiere ver.

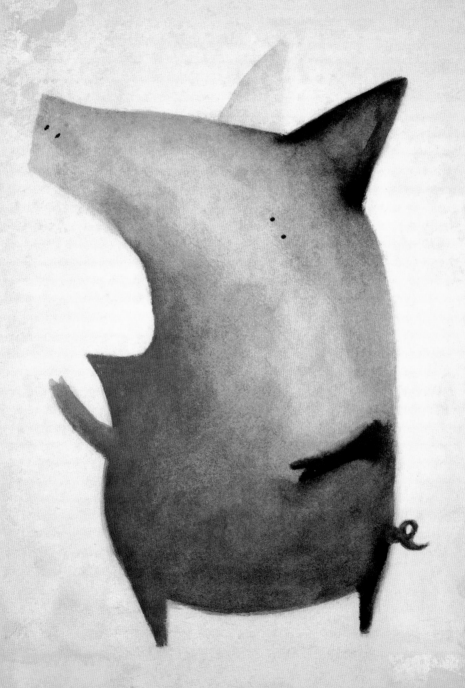

THE MILLER, HIS SON AND THEIR DONKEY

A miller and his son were driving their donkey to a neighboring fair to sell it. They had not gone far when they met with some women. "Look there," cried one of them, "did you ever see such men, walking along the road when they might **ride**?" The old man heard this and quickly made his son mount the donkey while he walked along merrily **by his side**. Soon they came up to a group of old men in earnest debate. "There," said one of them, "Who respects **old age** these days? Do you see that **lazy** child riding while his old father has to walk?" Upon this the miller made his son dismount, and got up himself. They had not proceeded far in this manner when they met a company of women and children: "Why, you lazy old man," cried several tongues **at once**, "how can you ride while that poor little boy can hardly **keep pace** beside you?" The good-natured miller immediately placed his son behind him on the donkey. They had now almost reached the town. "Is that your donkey?" asked a citizen. "Yes," replied the old man. "I would not have thought so," said the other, "by the way you load him. It would be easier for you to carry the poor beast than he you." "Anything to please you," said the old man. So, the man and his son tied the legs of the donkey together and **did their best** to carry him on their shoulders over **a bridge** near the entrance to the town. This unsual sight brought the people in crowds to laugh at it, until the donkey, who was frightened by the noise, broke the cords that bound him and fell into the river.

By trying to please everybody you will please no one at all.

EL MOLINERO, SU HIJO Y SU BURRO

Un molinero y su hijo llevaban a su burro a la feria de un pueblo cercano para venderlo. Cuando apenas habían comenzado el trayecto se encontraron con un grupo de mujeres. «¡Mirad –gritó una de ellas–, ¿alguna vez habéis visto unos hombres como estos que, pudiendo **montar**, caminan?». El viejo oyó esto y rápidamente le ordenó a su hijo que se subiera al burro mientras él caminaba alegremente **a su lado**. Pronto se encontraron con unos ancianos que debatían seriamente. «Ahí está –dijo uno de ellos–, ¿quién respeta a **la vejez** hoy en día? ¿Veis a ese **vago** muchacho montado sobre el burro mientras su padre camina?». El molinero obligó a su hijo a desmontar, y entonces fue él quien se subió al burro. Solo un poco más adelante se toparon con un grupo de mujeres y niños: «¡Habrase visto, viejo! –gritaron varias **a la vez**–, ¿cómo es posible que vayas montado en el burro cuando tu pobre muchacho casi no puede **seguir el paso** al caminar a tu lado?». Inmediatamente el bueno del molinero subió a su hijo al burro y lo situó detrás de él. A estas alturas casi habían llegado al pueblo. Un vecino del pueblo les preguntó: «¿Ese burro es vuestro?». «Así es», respondió el molinero. «Nunca lo hubiera dicho –replicó el vecino–, por la manera en que lo cargáis. Sería más fácil que tú cargaras con la pobre bestia a que ella te lleve a ti». «Lo que usted diga», contestó el viejo. Así que el molinero y su hijo ataron las patas del burro juntas e **hicieron todo lo que pudieron** para cargarlo sobre sus hombros y atravesar **un puente** que había a la entrada del pueblo. Esta inusual escena atrajo la curiosidad de la gente, que no paraba de reír, hasta que el burro, asustado por el ruido, rompió las cuerdas que lo sujetaban y cayó al río.

Si intentas contentar a todo el mundo, acabarás por no contentar a nadie.

THE LION AND THE SHEPHERD

An unfortunate lion was roaming through a forest when he stepped on a **thorn**. Soon afterward he came across a shepherd and **wagged his tail** at him as if to say, "**I am hurt** and need your help." The shepherd boldly examined the beast, discovered the thorn, and placing his **paw** upon his lap, pulled it out. Thus **relieved** of his pain, the lion returned into the forest. Some time later, the shepherd was imprisoned on a false accusation and condemned to be cast to the lions as the **punishment** for his supposed crime. But when the lion was released from his **cage**, he recognized the shepherd as the man who had healed him, and **instead of** attacking him, came forward and placed his paw upon his lap. As soon as the king heard the tale, he ordered the lion to be set free again in the forest, and the shepherd to be pardoned and restored to his friends and family.

You never know where an act of kindness may lead you.

EL LEÓN Y EL PASTOR

Andaba un león distraído por el bosque con tan mala fortuna que se clavó un **espino** en el pie. Poco después el león se encontró con un pastor ante el que **movió la cola**, como diciendo: «**Estoy herido** y necesito tu ayuda». El pastor examinó a la bestia con valentía, descubrió el espino y, poniendo **la pata** sobre su regazo, lo sacó. Así, **aliviado** de su dolor, el león regresó al bosque. Algún tiempo después, el pastor fue detenido bajo una falsa acusación y condenado a ser echado a los leones como **castigo** por el supuesto crimen. Sin embargo, cuando abrieron **la jaula** del león, este reconoció al pastor como aquel que lo había curado y, **en vez de** atacarlo, se acercó hasta él y puso su pata sobre el regazo del pastor. Tan pronto como este suceso llegó a oídos del rey, este ordenó que soltasen al león de nuevo en el bosque, y que el pastor fuese perdonado y liberado para que pudiera regresar junto a su familia y amigos.

Nunca se sabe adónde te puede llevar la bondad.

A FATHER AND HIS SONS

A father had a family of sons who were always **quarreling** among themselves. One day the father grew tired of the constant arguing and came up with a plan to teach his sons the practical implications of their disagreements. He **asked** each of his sons to go out and bring him back a **stick**. When they had **returned**, he placed all of the sticks together in a bundle and asked his sons **to break** the bundle into pieces. They tried to break the sticks **with all their strength**, but none was able to do it. Then the father opened up the bundle and, one by one, placed a stick in the hands of each of his sons. **This time** when he told them to break their sticks, each stick broke easily in their hands. The **wise** father then said: "My sons, if you are of one mind and join together to help one another, you will be just like the bundle of sticks. But if you are divided among yourselves, you will be broken as easily as these sticks."

United we stand, divided we fall.

UN PADRE Y SUS HIJOS

Había una vez un padre que tenía varios hijos varones que siempre se estaban **peleando** entre ellos. Un día el padre, cansado de las constantes discusiones, ideó un plan para enseñarles a sus hijos las implicaciones prácticas de sus desavenencias. El padre **pidió** a cada uno de sus hijos que saliera a buscar un **palo**. Cuando **regresaron**, puso todos los palos juntos en un manojo y retó a sus hijos a que **rompieran** el manojo en pedazos. Los hijos intentaron **romper** el manojo **con todas sus** fuerzas, pero ninguno fue capaz de conseguirlo. Entonces el padre deshizo el manojo y entregó un palo a cada uno de sus hijos. **En esta ocasión**, cuando les pidió que rompieran los palos, todos lo consiguieron con suma facilidad. El **sabio** padre les dijo: «Hijos míos, si tenéis un mismo propósito y permanecéis unidos para ayudaros, seréis exactamente igual que el manojo. Pero si estáis divididos, será tan fácil romperos como a esos palos».

La unión hace la fuerza; divididos, nos debilitamos.

THE FISHERMAN PIPING

There once was a fisherman who was also a skilled **musician**. One fine summer day he took his flute and his nets to the **seashore**. **Standing** on a projecting rock, he played several tunes in the hope that the fish would be attracted by his melody and dance their way into his **net**, which he had placed on the **sand** below. He played for many hours in the hot sun, but when he pulled up his net he saw that it was **empty**. He replaced his net in the sand and began to play even merrier tunes for the fish, but when he looked at his net he saw that the fish had still not come. At last, after spending most of the day waiting in vain, he put down his flute and cast his net into the sea. This time when he pulled up his net he saw that it was full of fish! When he saw them **leaping** in the net upon the rock, he said: "Oh you strangest of creatures. When I played my pipe you would not dance, but **now that** I have stopped you dance here so merrily."

It can be hard to understand the mysteries of nature.

LA FLAUTA DEL PESCADOR

Había una vez un pescador que era a su vez un magnífico **músico**. Un precioso día de verano el músico llevó su flauta y sus redes **a la orilla del mar**. **De pie** sobre una roca saliente tocó varias canciones con la esperanza de que los peces fueran atraídos por sus melodías y se acercaran bailando hasta caer en **la red**, que había colocado más abajo sobre la **arena**. El músico tocó durante varias horas bajo un sol ardiente, pero cuando sacó la red comprobó que estaba **vacía**. El músico reemplazó su red y comenzó a tocar unas melodías todavía más alegres para los peces, pero cuando volvió a mirar la red, vio que todavía no había llegado ningún pez. Por último, después de esperar casi todo el día en vano, dejó la flauta y echó la red al mar. Esta vez, cuando recogió la red vio que ¡estaba llena de peces! Cuando vio a los peces en la red **dando saltos** sobre la roca, el pescador dijo: «Extrañas criaturas. Cuando toqué mi flauta no bailasteis, pero **ahora que** he dejado de tocar, bailais en la red tan alegremente».

Puede ser difícil entender los misterios de la naturaleza.

THE BOY AND THE HAZELNUTS

There once was a boy who **loved to** eat. He thought of nothing but **food**, and he was constantly dreaming about what he would eat next. One day he came upon a pitcher of **hazelnuts** and immediately put his **hand** in the jar. He grabbed as many hazelnuts as he could hold, but when he tried to pull out his hand, he found that his hand got stuck in the neck of the pitcher. Unwilling to lose his hazelnuts and yet **unable** to withdraw his hand, the little boy **burst into tears** and bitterly cried about his disappointment. A wise man who was walking by took notice of the boy and came to see **what was the matter**. When he heard the boy's tearful tale, he gently said: "If you will be satisfied with **half** the amount of hazelnuts you have in your hand, you will have no problems pulling out your hand so that you can eat your beloved hazelnuts."

It's better to have a little something than nothing at all.

EL NIÑO Y LAS AVELLANAS

Había una vez un niño al que **le encantaba** comer. No pensaba en otra cosa más que en la **comida**, y continuamente le daba vueltas a lo que comería después. Un día se encontró un jarrón lleno de **avellanas** e inmediatamente metió su **mano** en él. Cogió tantas avellanas como pudo, pero cuando intentó sacar la mano, se encontró con que se le había quedado atrapada en el cuello del jarrón. Sin ninguna intención de perder las avellanas, pero **incapaz** de sacar la mano del jarrón, el muchacho **comenzó a llorar** y chillar amargamente. Un hombre sabio que pasaba por allí oyó al niño y se acercó para **ver cuál era el problema**. Cuando oyó la historia que el niño le contó entre lágrimas, el hombre respondió amablemente: «Si te contentas con **la mitad** de las avellanas que tienes en la mano, no tendrás problemas para sacar la mano y comerte esas avellanas que te gustan tanto».

La avaricia rompe el saco.

THE WOLF AND THE CRANE

After a large meal, a wolf noticed that he had a **bone** stuck in his **throat**. He was terribly uncomfortable and roamed through the forest in search of **help**. He came upon a crane and promised her a large **reward** if she would put her head into his mouth to draw out the bone with her **beak**. The crane agreed to the deal and **skillfully** extracted the bone from the wolf's throat. Once the job was completed, she demanded payment from the wolf. With a large **grin** the wolf began to **grind his teeth** and lick his chops. "My dear crane," he exclaimed, "I believe you have already received a great reward from me. Didn't I allow you to safely withdraw your head from the mouth and jaws of a wolf?" The frightened crane quickly agreed with the wolf and flew away to safety.

Expect no reward when you serve the wicked.

EL LOBO Y LA GRULLA

Tras una copiosa comida, un lobo se dio cuenta de que tenía un **hueso** atascado en su **garganta**. El hueso le provocaba una gran molestia y se adentró en el bosque en busca de **ayuda**. Al rato se encontró con una grulla, a la que prometió una buena **recompensa** si metía la cabeza en su boca para sacar el hueso con el **pico**. La grulla estuvo de acuerdo, y **con gran destreza** extrajo el hueso de la garganta del lobo. Una vez que hubo terminado, la grulla reclamó la recompensa al lobo. Con una gran **sonrisa**, el lobo comenzó a **rechinar sus dientes** y a relamerse. «Mi querida grulla —dijo—, creo que ya has recibido un estupendo premio de mí. ¿No te permití sacar la cabeza de las fauces de un lobo sin ningún daño?». La grulla, muy asustada, se mostró de acuerdo sin demora y se alejó de allí volando hacia un lugar más seguro.

No esperes recompensa cuando sirvas a alguien malvado.

THE TORTOISE AND THE EAGLE

A tortoise was lazily basking in the sun and complaining to the birds of her hard **fate**, that no one would teach her **to fly**. She **dreamed of** soaring high above the clouds like the birds, but her nature made it impossible for her to escape the earth. An eagle who was hovering nearby heard her **complaints** and asked what she would give him if he would take her to the sky and float her in the air. The tortoise quickly promised him all of the riches of the Red Sea, even though she had no riches to give. "I will teach you to fly then," said the eagle. Immediately, he took her up in his talons and carried her almost to **the clouds. For a few glorious moments** the tortoise was flying! But then the eagle suddenly let her go, and she fell on a lofty mountain, dashing her **shell** to pieces. The tortoise cried out in pain and said, "I deserve my present fate. It is difficult for me to even move on the earth. What business did I have dreaming about **wings** and clouds?"

Be careful what you wish for.

LA TORTUGA Y EL ÁGUILA

Una tortuga tomaba perezosamente el sol y se quejaba ante los pájaros de su duro **destino**, pues nadie le enseñaba **a volar**. La tortuga **soñaba con** alzarse por encima de las nubes como los pájaros, pero por su propia naturaleza le era imposible despegar los pies del suelo. Un águila que estaba rondando cerca escuchó sus **quejas** y le preguntó a la tortuga qué le daría si la elevase y la ayudara a flotar en el aire. Rápidamente la tortuga le prometió todas las riquezas del Mar Rojo, aunque la tortuga no tenía ninguna riqueza que ofrecerle. «Entonces te enseñaré a volar», le dijo al águila. Inmediatamente el águila tomó a la tortuga con sus garras y la llevó casi hasta las **nubes. Durante unos gloriosos instantes**, ¡la tortuga estaba volando! Sin embargo, en ese momento y sin previo aviso, el águila soltó a la tortuga, que se estrelló contra una alta montaña e hizo añicos su **caparazón**. La tortuga gritó de dolor y exclamó: «¡Me merezco mi situación actual. Incluso desplazarme por la tierra me resulta difícil. ¿En qué estaba pensando cuando soñaba con **alas** y con volar?».

Ten cuidado con lo que deseas.

THE DONKEY AND THE LAPDOG

A man had a donkey and a Maltese lapdog, a very great beauty. The donkey was left in a stable and had plenty of oats and hay to eat, just like any other donkey would. The lapdog knew many tricks and was a great favorite with his master, who often **petted him** and seldom went out to dinner without bringing him home some **leftovers** to eat. The donkey, **on the other hand**, had much work to do in the fields and in carrying wood from the forest or heavy loads from the farm. He **often** complained of his own hard fate and contrasted it with the luxury and idleness of the lapdog. At last one day the donkey broke his leash and collar, and galloped into his master's house, kicking up his heels and dancing about as well as he could. He next tried to jump on his master as he had seen the lapdog do, but he broke the table and smashed all the dishes on the floor. He then attempted to **lick** his master, and jumped upon his back. The servants heard the **noise** and quickly helped the master by driving the donkey back to his stable with kicks and clubs. The frightened donkey returned to his stall **with a sigh** and said: "**I have brought it all on myself!** Why wasn't I happy just to work alongside my companions? Who wants to be idle all day long like that useless little lapdog?"

Do not try to be someone you are not.

EL BURRO Y EL PERRO FALDERO

Un hombre tenía un burro y un perro faldero maltés de una belleza extraordinaria. El burro se quedaba en un establo y tenía un montón de avena y heno para comer, como cualquier otro burro. El perro faldero sabía un montón de triquiñuelas y era el favorito de su dueño, que **lo acariciaba** a menudo y rara vez volvía de cenar fuera sin traerle algunas **sobras** para que se las comiera. **Por contra**, el burro trabajaba sin descanso en el campo y trayendo madera del bosque, o pesadas cargas de la granja. **A menudo** se quejaba de su mala suerte y la comparaba con el lujo y la ociosidad del perro faldero. Por fin un día el burro rompió la cadena y el collar, y entró al galope en casa de su amo, levantando sus talones y bailando tan bien como podía. Después el burro intentó subirse en brazos de su dueño, tal y como había visto hacer al perro faldero, pero rompió la mesa y dejó el suelo lleno de platos rotos. Entonces el burro intentó **lamer** a su dueño, y saltó sobre su espalda. Los sirvientes oyeron el **ruido** y rápidamente ayudaron a su jefe a llevar al burro de vuelta al establo a base de patadas y palos. El burro, asustado, regresó a su establo **con un suspiro**, y exclamó: «**¡Me lo he buscado yo mismo!** ¿Por qué no podía contentarme con trabajar junto con mis compañeros? ¿Quién quiere estar todo el día ocioso como ese pequeño perro faldero inútil?».

No intentes ser quien no eres.

Other titles in this collection | Otros títulos de esta colección

Cuentos del mundo 1

Cuentos del mundo 2

Aprende inglés con los cuentos de Hans Christian Andersen

Aprende inglés con los cuentos de los hermanos Grimm

A Bilingual Anthology of Classic Fairy Tales | Aprende inglés con los cuentos de siempre